Au fond de la campagne norvégienne, dans le froid, une famille de nisse regarde la famille de la ferme célébrer Noël, avec nourriture traditionnelle et cadeaux, comme il se doit.

Ils attendent, sans réel espoir, leur tour.

Ils n'ont pas besoin de nourriture pour survivre ou de cadeaux pour être heureux. Ils ont besoin qu'on croie en eux.

La Magie du Partage est un compte d'espoir et de partage, porridge et luge inclus !

La magie du partage

La Magie du Partage
de R.W. Wallace

© Tous droits réservés – R.W. Wallace – 2020

Couverture par l'auteur
Traduit de l'anglais par Yvon Mathieu et Diego Mathieu
Illustration couverture 198159104 © Lilkar | Dreamstime.com
Illustration couverture 191647094 © Jeannadraw | Dreamstime.com

Les personnages et les situations de ce récit étant purement fictifs, toute ressemblance avec des personnes ou des situations existantes ou ayant existé ne saurait être que fortuite.

Tous droits de reproduction, d'adaptation et de traduction, intégrale ou partielle réservés pour tous pays. L'auteur ou l'éditeur est seul propriétaire des droits et responsable du contenu de ce livre. Le Code de la propriété intellectuelle interdit les copies ou reproductions destinées à une utilisation collective. Toute représentation ou reproduction intégrale ou partielle faite par quelque procédé que ce soit, sans le consentement de l'auteur ou de ses ayant droit ou ayant cause, est illicite et constitue une contrefaçon, aux termes des articles L.335-2 et suivants du Code de la propriété intellectuelle.

www.rwwallace.com

ISBN: [979-10-95707-54-7]
Prix: 5,99€

Première Edition

AUTEUR DE LA SERIE GHOST DETECTIVE

R.W. WALLACE

La Magie du partage

une nouvelle pour les fêtes

traduit de l'anglais par
Yvon Mathieu
Diego Mathieu

La magie du partage

Trois nez froids pressés contre la vitre... nous regardons la famille terminer son dîner de Noël. Il ne reste que des os de l'agneau fumé et salé – le *pinnekjøtt*. Il reste aussi une demi-pomme de terre dans le plat. Le père et la mère l'ont regardée mais décident qu'ils sont vraiment rassasiés. L'enfant de trois ans paraît penser que Noël est arrivé une heure à l'avance parce qu'il est autorisé à terminer le plat de purée de rutabaga avec ses doigts.

Les parents ont bu deux canettes de bière chacun – une variété avec des *nisse* sur l'étiquette, ce qui accentue notre frustration, nous qui mourons de faim dehors – pendant que les enfants boivent du *julebrus*, un soda rouge que l'on ne peut acheter qu'une fois l'an, à Noël.

Au fond de la pièce, le feu crépite dans la cheminée. Dans l'autre angle, un sapin de Noël attend patiemment son tour.

Cette année, ils se sont surpassés pour le sapin. Le père a coutume de le choisir dans sa propre forêt, mais comme le but est que les arbres poussent hauts et droits pour être vendus au meilleur prix, il en prend généralement un malingre, étouffé par les grands arbres qui l'entourent.

Le sapin dans le coin de la pièce atteint presque le plafond, est parfaitement droit et a des branches de tous les côtés. Le regard que la mère a lancé au père quand il l'a apporté m'a fait penser que c'était le premier des cadeaux qu'il offrirait à sa femme. Leur sapin allait être de toute beauté.

La veille de Noël, la famille a passé toute la matinée à le décorer. Le père a mis des lumières et une étoile à la cime. La mère a préparé les petits drapeaux norvégiens, les guirlandes et des décorations fragiles.

Les trois enfants ont fait tout le reste : des paniers tressés, des anges, des lutins, des boules, et diverses choses difficilement identifiables qu'ils ont fabriquées eux-mêmes.

Pendant tout ce temps, nous nous tenions ici, dans le froid, regardant à l'intérieur.

Nissemor, ma femme, ne peut s'empêcher de regarder fixement le sapin lumineux. Elle a toujours eu un faible pour les lumières et apprécie la douce lueur qu'elles donnent à toute la pièce, la nuit, quand tout le monde est couché. Elles lui rappellent le ciel étoilé qu'elle peut passer des heures à regarder quand la nuit est claire. Ici, les lumières sont dans un décor qui célèbre l'amour que les membres de cette famille éprouvent l'un pour l'autre. Tous les symboles de l'amour ravissent le cœur de Nissemor.

Tulla, ma fille, a les yeux rivés sur les cadeaux qui sont disposés sous le sapin. Non pas parce qu'elle voudrait les ouvrir – les jouets, les vêtements ou les livres humains n'ont aucune utilité pour nous – mais parce qu'elle anticipe le moment où les enfants les ouvriront. Tulla aime jouer, faire une bonne farce ; elle adore tout ce qui fait hurler de joie un enfant. Et ces cadeaux aux emballages colorés promettent toujours de la joie.

« Papa, est-ce l'heure des cadeaux maintenant ? » Son visage est écrasé sur la vitre, à tel point que son nez est complètement plat ; même ses lèvres et son front sont pressés contre le verre.

« Ils ont fini de manger ; il est donc temps d'ouvrir les cadeaux, non ? » Elle pose ses paumes contre la vitre et ferme les yeux. « S'il vous plaît, s'il vous plaît, s'il vous plaît… » murmure-t-elle avec ferveur.

Je pose une main sur son épaule en la serrant un peu. « Ils vont y venir, Tulla ! » Je déglutis. « Ils n'ont pas encore pris le dessert. »

Son bonnet rouge tricoté et son pull assorti sont recouverts de neige depuis qu'elle a fait un ange dans la neige sur le toit un peu plus tôt. Son pantalon en feutre gris est probablement mouillé mais, tant qu'elle ne se plaint pas, je n'interviens pas.

Nissemor détourne un instant ses yeux du sapin et nous échangeons un regard ; c'est toujours le moment de la nuit le plus douloureux pour nous.

Il fut un temps où c'était *notre* moment.

Nous, les nisse, n'avons pas vraiment besoin de nourriture humaine pour nous sustenter. Enfin, si. Mais nous n'avons pas besoin que les humains nous la donnent ; nous nous servons. Nous ne sommes pas plus gros que leur chat et nous n'avons pas besoin de grand-chose pour nous en sortir. Les humains ne remarquent jamais qu'une pomme de terre disparaît par ici ou qu'un morceau de fromage est soudain plus petit par là.

Ce dont nous avons besoin, c'est de leur foi en nous.

Et cette foi a diminué dangereusement ces dernières années.

Dans la ferme voisine, propriété des Jensen, il y avait une famille nisse comme la nôtre. Elle vivait dans le fenil et aidait les Jensen dans les soins apportés au bétail. Le jeune fils, en particulier, connaissait bien leurs veaux et en avait sauvé plus d'un. Mais, il y a cinq ans, les Jensen ont eu un fils, une petite chose bruyante et exigeante qu'ils ont appelé Ole.

Quand Ole a eu deux ans, ils ont décoré la grange avec des lumières de Noël. En constatant que leur enfant adorait ces lumières, ils en ont mis de plus en plus. Quand il a eu trois ans, ils ont ajouté un Père Noël sur un traîneau. L'enfant était ravi par le renne.

L'année dernière, ils ont demandé à un voisin de se déguiser en Père Noël et d'apporter des cadeaux.

La magie du partage

Depuis, nous n'avons plus revu la famille nisse.

Nous n'avons pas besoin de beaucoup de nourriture, mais nous avons besoin de leur foi. Et c'est la nuit de Noël qu'ils peuvent nous en donner la plus belle preuve.

Dans le bon vieux temps, tout le monde connaissait la tradition. Soyez gentil avec le nisse la veille de Noël et donnez-lui son porridge ; il vous aidera dans la ferme toute l'année. Ne lui donnez pas de nourriture et il fera le contraire. Il va jouer avec les animaux, déplacer votre foin dans la grange du voisin, faire le nécessaire pour que vos récoltes ne poussent pas.

Je n'ai pas joué de mauvais tours comme ça depuis mon enfance. Je n'ai pas osé.

Bien que je n'aie pas eu de porridge depuis vingt ans.

Mais ils se souviennent encore de nous. En quelque sorte, ils croient encore en nous. C'est pourquoi nous sommes toujours là.

A l'intérieur de la maison, la mère prépare le dessert à la cuisine, tandis que le père s'assied dans le canapé, les enfants s'installant autour de lui.

« Oh, il va leur lire l'histoire ! » Tulla fait une pirouette rapide et colle son nez à la fenêtre.

En effet, ils lisent l'histoire. Celle avec le nisse et le renard, quand le lutin convainc Goupil de ne manger aucun des poulets du fermier la veille de Noël. Et pour que le renard ne reste pas sur sa faim, le nisse partage son porridge avec lui.

C'est une histoire de bonté et c'est probablement pour cette raison que nous sommes encore là. La question est de savoir combien de temps ça va durer.

Je passe mon bras autour de la taille de Nissemor tandis que nous regardons le père tourner les pages et les réactions des enfants. La fille de six ans semble particulièrement s'intéresser à l'histoire et elle interrompt souvent son père pour lui poser des questions.

Lorsque le conte est terminé, le dessert est sur la table. Comme chaque année, c'est du riz au lait à la chantilly.

Avant de s'asseoir à table, le père embrasse la mère pour la remercier. Le fils aîné saupoudre son dessert de sucre. Le plus jeune met sa main dans son assiette et commence à manger, ce qui lui vaut une réprimande, sans conviction aucune, de la part de ses parents.

Quant à la fillette de six ans, elle ne s'assied pas. Elle se tient debout à côté de sa chaise et regarde son assiette.

« Pourquoi ne mange-t-ils pas ? chuchote Tulla. Il faut qu'ils mangent, comme ça ils pourront avoir fini de manger et ils ouvriront les cadeaux. Le plus gros, à l'arrière, je suis sûre que c'est une luge ! »

La fille ne bouge pas, même quand sa mère lui dit de s'asseoir afin que tous puissent commencer à manger. Une discussion s'ensuit et on devine clairement qu'il s'agit du riz au lait. J'aimerais pouvoir entendre ce qu'ils disent mais, pour cela, il faudrait que j'aille au grenier, au-dessus de la cuisine. Je ne bouge pas car il me faudrait trop de temps.

La frustration de la mère semble augmenter alors que la fillette refuse d'obéir. Par contre, je remarque que les traits du père s'adoucissent. Lorsque sa femme est sur le point de perdre son sang-froid, il jette un rapide coup d'œil sur le canapé – où le livre est resté – et se lève de son siège. Il emmène sa fille à la cuisine, prend une assiette dans le buffet et la remplit de porridge. Puis il la chauffe au four micro-ondes. A la sortie, la fillette saupoudre l'assiette de sucre et de cannelle. Elle coiffe le tout de la plus grosse cuillerée de beurre que j'aie jamais vu.

« Est-ce que… ? » Nissemor porte une main à sa bouche et son souffle se bloque.

J'ai peur de me donner des faux espoirs.

« Que sont-ils en train de faire ? dit Tulla. Pourquoi ont-ils besoin de porridge en plus du riz au lait à la chantilly ? Ne peuvent-ils pas simplement manger ? Et quand ouvriront-ils les cadeaux ? »

Tulla est née l'année où nous avons reçu notre dernière portion de porridge. Elle ne l'a jamais goûté. Pas le vrai. Ce cadeau des humains aux nisse. Elle ne peut en comprendre la signification car elle n'a jamais ressenti la magie de cette croyance. Elle a passé sa vie dans cette demi-vie que nous vivons depuis vingt ans.

Serait-ce vraiment… ?

Nissemor et moi retenons notre souffle tandis que le père dit à sa fille de mettre sa veste d'hiver et ses bottes, puis place délicatement le bol de porridge dans ses mains avant d'ouvrir la porte.

« Elle va le faire ! » chuchote Nissemor avec révérence.

Le père ferme la porte derrière sa fille et se dirige vers notre fenêtre pour l'observer. Nous sautons de notre place et nous cachons à côté d'un tas de bois de chauffage. Les humains ne peuvent généralement pas nous voir de toute façon, mais il est préférable d'être toujours prudent.

« Que se passe-t-il ? murmure Tulla.

– Tu verras, lui dis-je. Tais-toi, ma chérie et regarde bien. »

La fillette se dirige vers la grange, le porridge fumant dans ses mains. Ses lèvres ne dessinent qu'une fine ligne tellement elle se concentre pour ne pas en renverser. Son souffle s'exhale en fines bouffées de vapeur.

Elle pose l'assiette près de la porte de la grange. De sa poche, elle sort une cuillère en bois et la met dans l'assiette. « Voilà, dit-elle ; maintenant, vous n'aurez plus faim. Joyeux Noël, petits nisse ! » Et elle retourne en courant à la maison.

De la fenêtre, le père suit sa fille du regard, un sourire affectueux aux lèvres.

« Elle nous a donné du porridge », dit Nissemor, la voix tremblante d'émotion, « du porridge ! »

Les yeux de Tulla vont de sa mère à moi, interrogateurs, mais comprenant qu'elle ne saisit pas quelque chose d'important.

Je prends Nissemor et Tulla par la main et les emmène vers l'assiette fumante.

La magie du partage

« Mangeons ce plat pendant qu'il est encore chaud. Oh ! Regardez ce beurre. Je ne pense pas en avoir déjà eu autant, même dans ma jeunesse. As-tu envie de le goûter, Tulla ? »

Pour la première fois depuis vingt ans, nous avons notre fête de Noël. Nos ventres sont pleins de porridge, de beurre et de sucre et nos cœurs remplis d'amour et de foi.

Nous sommes tellement absorbés par notre repas que nous ratons la plus grande partie du déballage des cadeaux. Quand Tulla s'en souvient, elle court vers la fenêtre, ivre de beurre. Elle laisse une petite empreinte de main graisseuse sur la vitre comme elle dirige son regard vers le sapin de Noël.

« C'est une luge ! J'en étais sûre ! Elle va tellement s'amuser avec ça. » Elle rote et semble sur le point de s'endormir debout.

Nissemor s'approche d'elle. « Il est peut-être temps pour toi d'aller au…

– Elle va l'essayer ! Elle va faire de la luge tout de suite ! Oui ! »

Tulla fonce vers la porte d'entrée, plus éveillée que jamais.

« Et si quelqu'un la voit ? » Nissemor fronce les sourcils d'inquiétude.

« Ils ne la verront pas, lui dis-je. Et s'ils la voient, les parents penseront qu'ils ont trop bu d'alcool et les enfants ne sauront pas vraiment que ce n'est pas normal. »

En tout cas, ils ne peuvent nous voir que s'ils croient en nous. Alors, je me promène en plein jour depuis des années. Mais je n'en ai jamais parlé à Nissemor ; pas besoin de lui causer des soucis inutiles.

Deux minutes plus tard, la fillette sort de la maison, enveloppée dans une épaisse combinaison, avec un bonnet rouge, une écharpe bleue et des moufles rouges. Elle tire la nouvelle luge en plastique rouge et se dirige vers la route. La ferme est au bout du chemin et il n'y a donc aucun risque que des voitures arrivent. Les cinquante derniers mètres offrent une pente parfaite pour la pratique de la luge quand on est une jeune fille de six ans.

Tulla court derrière elle, ne voulant rien rater d'une telle partie de plaisir.

Venant de l'étable, j'entends les meuglements plaintifs d'une vache. « Peux-tu surveiller Tulla ? dis-je à Nissemor. Je vais jeter un coup d'œil aux vaches. »

Quelque chose ne va pas. Dagros est une des plus anciennes vaches des fermiers et elle a déjà eu plusieurs veaux. Elle doit vêler dans les jours qui viennent. En réalité, j'ai envie de dire que c'est déjà commencé.

Mais quelque chose ne va pas. Les vaches, et plus particulièrement celles expérimentées comme Dagros, savent vêler seules. Toutefois, ses meuglements désespérés me font penser qu'elle ne comprend pas ce qui se passe ; et c'est mauvais signe.

J'essaie de la calmer, mais ses plaintes ne font que s'accentuer.

J'ai besoin d'aide. Je rassure Dagros une dernière fois, puis je me dirige vers la porte de l'étable, mais le vantail est très

La magie du partage

lourd pour un petit nisse comme moi. Après quelques efforts, je parviens enfin à l'ouvrir.

Ce n'est pas pour moi que je l'ouvre évidemment. J'ai mes passages secrets dans toute la ferme. Mais je sais ce que les humains considèrent comme inquiétant. La porte de l'étable grande ouverte par une nuit glaciale d'hiver fait partie des choses inadmissibles pour un fermier.

Ensuite, j'ouvre la porte d'entrée de la maison. Pour cela, je dois sauter pour saisir et abaisser la poignée. Puis je pousse la porte pour qu'elle claque au vent.

Ceci fait, je cours me cacher dans les buissons.

Il ne faut pas plus de dix secondes au père pour venir à la porte. Il sort la tête et crie : « Marie, fais attention à la porte ! Tu ne l'entends pas claquer ? » Comme il ne voit pas sa fille et qu'il entend ses cris joyeux en bas du chemin, il fronce les sourcils et s'avance, espérant comprendre pourquoi la porte s'est ouverte.

C'est à ce moment qu'il découvre la porte de l'étable ouverte. Il pousse un juron, ferme la porte de la maison, mais ressort moins d'une minute plus tard, couvert d'un manteau et chaussé de bottes.

Je cours devant lui dans l'étable et dans la stalle de Dagros. « A toi, Dagros, meugle bien fort pour l'humain, tu veux ? Lui saura t'aider. »

Ça marche. Dagros est plus bruyante que jamais et le fermier vient la voir, au lieu de simplement fermer la porte de l'étable.

Je fais une apparition très rapide, juste pour vérifier ma théorie. L'homme n'a aucune réaction alors que je suis dans son champ de vision. Donc il ne peut réellement pas me voir ce qui, dans la situation actuelle, m'arrange bien. Ça veut dire que je n'ai pas besoin de me tenir caché.

Pendant que le fermier va se changer, j'essaie de calmer Dagros. L'homme revient rapidement et il aide le veau à se mettre dans la bonne position. La vache est stressée car la naissance ne se passe pas comme les précédentes. Elle souffre beaucoup et s'inquiète pour le petit à naître.

Contrairement aux humains, elle peut me voir et ma présence l'aide. Elle évite ainsi de marcher sur les pieds de l'homme ou de lui donner un coup de patte, ce que je considère comme un grand succès.

A un moment donné, je vois Nissemor apparaître dans l'ouverture de la porte de la grange, l'air plutôt affligé, mais quand elle constate à quel point je suis occupé, elle s'en retourne et ne nous interrompt pas.

Une heure plus tard, Dagros a mis bas une belle petite génisse. Le veau est épuisé, Dagros est épuisée et le paysan tient à peine debout. Mais tout le monde est en bonne santé.

« Tu peux retourner dans ta famille, dis-je doucement. Dagros et moi, nous pouvons nous occuper de la petite. »

L'homme ne m'entend pas, pas exactement, mais il écoute quand même. Cinq minutes plus tard, il a regagné la maison, probablement pour prendre une douche.

La magie du partage

J'aide la génisse à s'approcher de sa mère qui la nettoie à grands coups de langue affectueux.

Nissemor revient à la grange. Son visage perle de sueur et sa voix tremble. « Nissefar, implore-t-elle, s'il te plaît, viens ! »

Je ne me souviens plus l'avoir vue si affolée. « Qu'est-ce qui ne va pas ? » Je sors de la stalle de Dagros et la prends dans mes bras. « Est-ce que Tulla va bien ? »

Elle secoue la tête et échappe à mon étreinte, me tire par la main. « Viens voir. »

En arrivant à la route, j'aperçois la fille qui dévale la pente sur sa luge. Elle laisse échapper un cri de joie qui doit s'entendre jusqu'au village. Je regarde autour de moi à la recherche de Tulla. Logiquement, elle ne devrait pas être loin quand l'un des enfants s'amuse autant.

Inquiet, j'interroge Nissemor : « Où est-elle ? Est-ce qu'il lui est arrivé quelque chose ? » Aider Dagros à vêler était important, mais si Tulla était en danger, l'aider était *plus* important.

Nissemor montre du doigt le chemin où la luge vient de s'arrêter. La fillette descend de la luge, puis tend la main pour aider Tulla à descendre…

« Elle peut la voir ?

— Non seulement, elle la voit, mais en plus, elle lui parle, la touche, joue avec elle… ! se lamente Nissemor. Qu'allons-nous faire ? »

Je reste sans voix. Je me tiens là, à regarder les deux enfants gravir la colline, tirant la luge derrière elles. Elles discutent ; la fille gesticulant et Tulla sautillant de joie comme si elle vivait le meilleur instant de sa vie.

« Les humains ne sont pas autorisés à voir les nisse, dit Nissemor. Que fait-on ? »

Je n'en ai aucune idée.

Mais qui va venir nous punir parce qu'un humain a vu un lutin ? Il n'y a pas de police pour ce genre de délit.

Les deux filles s'approchent ; alors je me cache derrière un arbre voisin. Nissemor ne bouge pas.

« Elle ne voit que Tulla, dit Nissemor.

– Ah. » Je ressors et je retourne auprès de ma femme.

Parvenues en haut de la pente, les deux filles montent sur la luge, Tulla bien protégée entre les jambes de sa nouvelle amie. Elles hurlent d'excitation tout au long de la descente.

« De quoi parlent-elles ? demandé-je.

– Elles ont parlé du porridge pendant une demi-heure, répond Nissemor, puis pendant une autre demi-heure des autres cadeaux que Marie a reçus et Tulla lui a fait part de ses suggestions pour les utiliser. Mais je crains que les parents n'apprécient pas certains de ses conseils. Et maintenant, elles dévalent toujours la même piste pour glisser de plus en plus vite sur la neige transformée en glace.

– D'accord. » Je ne sais rien dire d'autre.

Quelque temps plus tard, alors qu'Orion brille juste au-dessus de la grange et que la chouette blanche qui habite le chêne voisin nous a survolés par deux fois, une souris au bec, la porte d'entrée s'ouvre. La mère appelle sa fille et lui dit de rentrer.

« Pas tout de suite, Mamma ! Je m'amuse trop bien avec la petite nisse ! »

La mère rit, les bras croisés et les mains sous les aisselles pour les maintenir au chaud.

« C'est génial, chérie, mais il est vraiment tard et il est largement temps d'aller te coucher. Ton père dort déjà. Sais-tu que Dragos a eu son veau ?

– Ah bon ? » Elle s'arrête et regarde Tulla : « Tu le savais ? »

Tulla remue la tête. « Comment veux-tu que je le sache puisque j'étais ici avec toi ? »

« A qui parles-tu ? demande la mère.

– A la petite nisse, bien sûr ! Je t'ai dit que je jouais avec elle.

– D'accord. » Avec un sourire affectueux, la mère prend la luge et le tire jusqu'à la maison. Sa fille la suit.

J'appelle ma fille. « Tulla, tu ne dois pas être vue par quelqu'un d'autre que Marie, chérie. Ce jeu doit se terminer maintenant. »

Visiblement, elle n'est pas contente, mais elle comprend que ce qui s'est passé ici ce soir est exceptionnel.

Tulla touche un peu la jambe de Marie pour l'arrêter. La fille se penche vers elle et elles ont une courte discussion. Marie regarde plusieurs fois dans notre direction, espérant nous découvrir. Finalement, elle hoche la tête en guise d'approbation et se penche pour faire un câlin à ma fille.

Puis elle entre à la suite de sa maman.

Trois nisse se retrouvent ainsi, seuls dans la froide nuit d'hiver, sous un ciel criblé d'étoiles, avec la douce lueur de la lune répandue sur la neige. Dans l'étable, on entend le faible mugissement de la petite génisse. Nous nous retrouvons à peu près dans la même situation que l'après-midi et nous regardons avec envie la ferme dans laquelle les humains doivent déjà rêver à la belle fête qu'ils viennent de vivre.

Sauf que nous aussi, nous avons eu la nôtre. Nous avons mangé suffisamment de porridge et de beurre pour tenir le coup jusqu'au prochain Noël. Nous continuerons à aider les animaux, à les débarrasser des rôdeurs. A faire notre part du travail à la ferme.

Et, en retour, nous espérons qu'à Noël nous aurons encore cette petite touche de magie.

Un mot de l'auteur

Je vis en France depuis plus de vingt ans. Mon niveau de français est plutôt bon. Mais il n'a jamais été question d'écrire en français. D'une, parce que quand je m'installe pour raconter des histoires, c'est de l'anglais qui vient, et de deux, parce que la différence entre le français écrit et parlé ne me plaît pas. J'ai envie d'écrire comme je parle, et ce n'est pas vraiment possible en français.

Mon beau-père est un grand lecteur mais ne parle pas un mot d'anglais. Pour chaque livre que je publiais, il était donc de plus en plus frustré de ne pas pouvoir les lire. Jusqu'au jour, à Noël 2020, où il a tenté une traduction automatique d'une de mes histoires. Oui, c'était aussi horrible que prévu. Mais... suffisant pour comprendre l'histoire. Alors il l'a arrangée. Puis mon conjoint l'a reprise en comparant avec l'original. Enfin, j'ai apporté les dernières retouches.

Et voilà, une première nouvelle traduite en français !

Cette histoire était publiée pour la première fois en anglais pour les fêtes en 2020, dans le calendrier d'histoires de WMG Publishing, le *Holiday Spectacular*.

J'espère qu'elle vous a plu !

R.W. Wallace
www.rwwallace.com

Par le même auteur (mais en anglais)

Mystery

The Tolosa Mystery Series
The Red Brick Haze (free)
The Red Brick Cellars
The Red Brick Basilica

Ghost Detective Shorts (coming soon)
Just Desserts
Lost Friends
Family Bonds
Till Death
Family History
Common Ground
Heritage
Eternal Bond
New Beginnings

Short Stories
Cold Blue Eternity
Hidden Horrors
Critters
Gertrude and the Trojan Horse
First Impressions
Let Them Eat Cake
Out of Sight
Two's Company
Like Mother Like Daughter

Fantasy (short stories)
Unexpected Consequences
Morbier Impossible
A Second Chance

Science Fiction (short stories)
The Vanguard

Lollapalooza Shorts
Quarantine
Common Enemies
Coiled Danger
Mars Meeting

Adventure (short stories)
Size Matters